Herstellung und Verlag:
BoD - Books on Demand, Norderstedt
ISBN 978-3-8423-5768-6

In Liebe…

An dich denken

An dich denken
Ein Sonnenstrahl, der Blinzeln macht
Ein Windstoß, der zarte Blütenblätter
sich schwebend Richtung Erde bewegen
lässt
Ein tiefer Atemzug
Leben

Papier

Deinen Namen auf ein Stück Papier
schreiben,
das Blatt lange ansehen,
es dann in die Hand nehmen und
zwischen den Fingern reiben und
DICH spüren.
Total verrückt!

Jedes Mal

Jedes Mal wenn wir einander sehen, möchte
ich
aus deinen Augen trinken
von deinen Lippen essen
mich deinen Händen ergeben
wir tun es nicht
das macht die Sehnsucht süßer
jedes Mal wenn wir einander sehen

Verliebt

Vielleicht ist es ja noch nicht zu spät
Und wir gehen wieder unsere eigenen Wege
Und wir strahlen uns an,
jedes Mal wenn wir einander sehen.
Verliebt.
Glücklich darüber, dass aus diesem
herrlichen Gefühl keine Affäre werden
musste.

Sorgen

Mein Gefühl für dich ist so verdammt
intensiv
Und hinterlässt dieses Sehnen.
Das in meinem Körper ist das eine.
Über das in meinem Herzen mach ich mir
die größeren Sorgen.

Unheimlich unsicher

Unheimlich ist es mir immer noch,
dass du auf dieser Bank gesessen bist
dir angehört hast, was ich gesagt habe
wirre Sachen und jede Menge davon
nur um die Unsicherheit zu überbrücken.
Unsicher, ich – lächerlich!
Ja, unsicher, ich, verdammt unsicher
Es fühlt sich gut an
Verführerisch gut
Schutzengel – bist du wach?

Oder bist du gar daran beteiligt?
Unheimlich ist es mir immer noch.

Wie

Wie haben die das gemacht, früher
ohne Handy und SMS?
Wie viel Sehnsucht war auszuhalten.
Tage, Wochen, Monate,
wo jetzt die Minuten schier endlos scheinen
bis die Antworten kommen.
Deine kommen verdammt schnell
Gut schnell - Wunderbar schnell
Das gespannte Gummiband nie kurz vor
dem zerreißen.
Das Herz immer noch am wie verrückt
klopfen
Und schon sind sie da, deine Worte. Und du
selber?
Wie von einem anderen Stern oder vom
Bergbauernhof
Eignest dich sogar für die heutige Zeit
Hast Augen, die für die Ewigkeit strahlen
und aus dem Unendlichen kommen
Das Stück Bubenhaftigkeit ist es, was mir
so gefällt
Und - Herrlich wird er sein!
Der Mann, der aus dir hervorkommt. Bald
schon.

Liebeserklärung

Ich freu mich riesig darauf,
dich kennen zu lernen.
Ein paar Worte zu wechseln
unter Ausschluss der Öffentlichkeit.

Zu bemerken, was ich wohl sagen muss
Ich gehöre zu einem anderen.
Dabei zu spüren, was ich dir sagen möchte
Es wird eine Liebeserklärung werden
Gleich einer Pflanze, die keck den Kopf gen
Himmel streckt
Viel zu früh im Jahr, viel zu vorwitzig
Der eisige Wind wird sie erwischen, oder
gar zu viel Sonne.
Ich werde es trotzdem tun.

Unvermutet

Am meisten fehlen mir deine Augen
Vollkommen unvermutet ist das passiert.
Geplant könnte es wohl kaum schöner sein.

Eine Zeitlang

Ich versuche, wieder auf der Erde zu landen
Meine Gedanken auf Papier zu bannen und
dich nicht mit meinen Nachrichten unter
Druck zu setzen
Eine Zeitlang möchte ich es aushalten.
Die ersten 24 Stunden waren schon
schlimm genug.

Kraft
Mit deiner Kraft kannst du
wahrscheinlich die ganze Welt bewegen.
Welch Glück, dass du mit meinem Herzen
angefangen hast!

Nähe

Es tut verdammt gut, dich so nah zu wissen
Und auch, dass ich nicht allein bin mit
diesem Gefühl.
Vielleicht ist es ja doch etwas Himmlisches.
Und dann ist es gut.
So gut, wie deine Nähe.

Sehnsucht

Kenn dich kaum,
vermiss dich.
Fern, jetzt ganz nah.
Fremd, jetzt in mir.
Gerade in diesem Augenblick.
Spür dich in jeder Zelle meines Körpers.
Goldener Tagtraum.
Kenn dich kaum,
vermiss dich.

Nacht

Eine sternenklare Nacht
sagt der Wetterbericht
Und ich muss schon wieder
an deine Augen denken.

Nacht II

Manchmal wache ich nachts auf und denke
mir „wozu?"
Manchmal schlafe ich dann ohne dich
weiter
Doch spätestens beim Aufstehen und wenn
ich aus dem Fenster schaue, regt sich
wieder die Sehnsucht nach dir und
begleitet mich durch den Tag.
Manchmal schmerzhaft, meistens süß.
Jetzt gerade bitter.
Was sag ich überhaupt,
wenn du wieder vor mir stehst?

Verrückt

Wenn es dir nur halb so ergeht wie mir,
dann treffen wir einander bald
im Irrenhaus. Verrückt. Nach dir.
Genau.

Kannst du…

Kannst du meine Gedanken spüren?
Meine Gefühle, mein pochendes Herz?

Wer ist es sonst, der gerade so stark an
mich denkt
und meine gesamte Aufmerksamkeit nur
darauf lenkt

Liebe zu empfinden und Unendlichkeit
dem heimlichen Traum
zu folgen bereit.

Tatsachenbericht

der Körper ungeduldig und begierig
das Herz voller Vertrauen und Zuversicht
die Seele glücklich, dich (wieder)gefunden
zu haben
der Verstand sitzt auf einer Bank und macht
Pause
eine Umarmung ab und an
ein Kuss
ein paar Worte
dieses Gefühl taugt nicht für alltägliches
lebt im Zauber der Ewigkeit

und holte mich ein Engel, um zu gehen
dann wünschte ich eines noch in diesem
Leben
deinen Atem an meinem Hals spüren und
deine Hände auf meinem Bauch

Wenn

Wenn du dann eines Tages
vor mir gehen wirst,
dich oben dort im Himmel
 in Freude nur verlierst.

Bleib ich zurück im Leben,
in mir von dir ein Stück
werd niemals nie vergessen
die Freude und das Glück.

Oder bin ich der Engel,
der früher im Himmel oben sitzt?
Dann lächle ich nach unten
und meistens ganz verschmitzt.

Weil du noch immer da bist!
Drum lass das Trauern sein.
Mach dir noch schöne Stunden
Und bleib nicht lang allein!

Ich glaube fast

Ich glaube fast, ich liebe dich
für eine ganz bestimmte Zeit
Folge und verliere mich
in deiner tiefen Herzlichkeit

Ich glaube fast, ich liebe dich
Ein Engel hat dich mir gebracht
Doch mich auch dir, so hoffe ich
auf manchen Tag und manche Nacht.

Ich glaube fast, ich liebe dich
Trotzdem werde ich nicht bleiben
Reise zurück, ganz sicherlich
Nicht ohne dir noch das zu schreiben:

Ich weiß es jetzt, ich liebe dich
Wie immer es auch um uns steht
Unmöglich, herrlich, unglaublich
solang die Erde sich noch dreht.

Umarme mich

In Gedanken und in Träumen
Waren wir längst Frau und Mann
Wollten keinen Tag versäumen
Ihn genießen, diesen Bann

Du warst der Treue von uns beiden
Der klügere wahrscheinlich auch
Sprachst von Ehe und von Leiden
Ich hörte nur auf meinen Bauch

Und meine Seele rief ganz laut
Sehnte sich ganz fürchterlich.
Von Anfang an dir anvertraut
Komm her zu mir - umarme mich!

Für ein paar Minuten nur,
damit ich wieder atmen kann
ein Leben lang bleibt diese Spur
zu dir, du wunderbarer Mann.

Nackt

Nackt, nackt, nackig am Stephansdom
Mein Engel fliegt wohl bald davon
Mein Herz brennt und die Seele schmerzt
Da tu ich es – ich spring beherzt.

Nein, keine Angst, nicht in den Tod.
Ich spring hinein ins Leben.
Beim Sonnenaufgang blutig rot.
Und Gott die Hand gegeben.

Ein Luftzug nur, jetzt spür ich dich
Nimmst mich in deinen Arm.
Die beiden Körper finden sich
Und endlich wird es warm.

Frei nach knock knock knocking on heavens door…

Sonne

Ich hab nicht verlangt,
dass du mir bei Regen die Sonne bringst.
Ich wollte doch nur,
dass du deinen Schirm aufspannst.

Doch du wolltest
für mich die Sonne suchen gehen
und hast
den Regenschirm mitgenommen

Weh

Es tut weh,
einen Menschen zu verlieren.

Bitte glaub nicht, dass es leichter fällt,
einen Menschen gehen lassen zu müssen,
weil man sich sonst selbst verliert.

„He, du!"

Ich sah zwei Menschen, die
die Straße vor mir
entlanggingen.

Dabei erkannte ich dich.
Laut rief ich: „He, du!"
Und der andere drehte sich um.

Bleiben

Bei dir bleiben kann ich nicht
Die Intensität lässt langsam nach
Ja, ich sag´s dir ins Gesicht
Meine Gefühle liegen brach

Verzeih die Art der Formulierung
Verzeih den Schmerz wenn du ihn spürst.
Es ist einfach nur das Leben, an das du
mich jetzt verlierst.

Heute

Heute als der Tag erwachte,
hab ich nicht an dich gedacht.

Hab gelacht, mich amüsiert,
hab geweint und meditiert.
Hab vergessen und verziehen,
mir Geld für den Kaffee geliehen.
Hab gegessen und getrunken,
bin ganz in mir selbst versunken.

Bin aus mir herausgegangen,
hab manch Lächeln eingefangen.
Hab geblödelt, bin errötet,
manche Hoffnung abgetötet.

Und plötzlich war der Tag vergangen
und die Nacht kam auf mich zu
Ein neuer Traum hat angefangen
doch dieser Traum bist nicht mehr du.

Schade

Gerade noch einmal davongekommen. Fast
schon meine Zuneigung gestanden, meinen
Gefühlen freien Lauf gelassen.

Jetzt ist die Seifenblase zerplatzt, bevor sie
schillern konnte.

Du sagst, dass du hier für immer weggehst.
Punkt.

Die Lippen, die mir das sagen, habe ich
noch nie geküsst.
Wollte nur, bin jetzt froh, dass nicht.

Ein dumpfes Gefühl im Magen.

Ich wünsch dir viel Glück und denk dabei:
Schade! Um uns.

Kissen

Bin in meinem Bett gelegen
Und hab nur an dich gedacht

Konnte dich noch fühlen und riechen
Hat mich fast verrückt gemacht

Hab gelüftet, überzogen,
mich dabei nur selbst betrogen.
Denn in diesen frischen Kissen
wollt ich dich erst recht nicht missen!

Nahezu

Nahezu keinen Augenblick im Alltag hab
ich dich vermisst.
In vielen Momenten intensiven Lebens
fehltest du mir sehr.

Ich mag

Sonnenschein am Morgen und dass ich den
Himmel seh
Ich mag den Baum aus alten Zeiten, der nur
mehr in Erinnerung steht.
Ich mag den Wind, weil er das wegweht,
was mir auf der Seele brennt.
Mag laute Musik und leise Töne, die nur
mehr das Herz erkennt.
Mag Menschen, die keine Leute sind und
Leute, die zu Menschen werden.
Mag mein Frühstück ohne Eile und die
Ruhe in der Hast,
mag, wenn gute Freunde kommen, bin
selber gerne dort zu Gast.
Mag Geblödel und Gespräche, solang der
Unterschied mir klar.
Mag auch ihn nach langer Zeit noch und
nach allem, was geschah.
Wo bist denn du,
wirst du jetzt fragen,
in diesem „was ich mag" Gedicht.

Es fällt mir leicht, darauf zu sagen
Dich mag ich nicht –
Ich liebe dich!

Film

Fühl mich wie ein kleines Mädchen,
den Helden nur im Film gesehen
Plötzlich steigt er aus der Leinwand,
um ein Stück mit mir zu gehen

Lass dich heute in mein Leben,
bitte nimm mich an der Hand
fasse Mut, mich hinzugeben
froh, dass du´s bist, der mich fand.

Wenn

Wenn mich jemand fragte:
„Habt ihr schon miteinander geschlafen?"
antwortete ich mit einem Strahlen:
„Ja, wir haben uns schon geliebt."
Nie zuvor hab ich es so ausdrücken wollen.

Be-Nehmen

Mir gegenüber saß kürzlich ein Mann, der
dachte fast wie ein Kind
Er lachte und machte, dass ich zu fühlen
begann,
was reine Gedanken sind

Seine Augen, die strahlten dunkelblau,
seine Hände, die hielten was fest
Er erweckte in mir die Seite der Frau, die
gerne sich täuschen lässt

Vom unbefangenen Glücklich sein, der
Freude des Augenblicks,
vom Herzklopfen machenden „der soll es
sein",
vom Zauber des Geschicks

Nimm mich, so wollte ich schreien
Nimm mich doch hier und jetzt
Würde er mir das jemals verzeihen
Wäre er gar schmerzlich verletzt?

%

Vielleicht mein ich mehr,
jetzt nehme ich dich
heute mit Haut und mit Haar

die Moral und die Konvention
was kümmern die mich
der Gedanke ist wunderbar!

Eine Nacht oder zwei in Umarmung
versinken
Einander zeigen, was noch in uns steckt
Sich am Ende gemeinsam glücklich
betrinken,
bis das Morgen uns zärtlich erweckt.

Und wir kehren zurück in unsere Leben,
mit einem Geschenk mehr im Herz,
in der Seele, im Körper, einander gegeben
mit einem Gebet himmelwärts.

Traum

Wenn ich an deine Augen denke, deine
Hände, dein Gesicht
Und dann versuch, dich zu vergessen
Gelingt's mir nie und niemals nicht

Wenn ich erst deine Stimme höre, deinen
Atem spüren kann
Und dann versuch, dich zu vergessen,
Denk ich noch intensiver dran

Wie es ist, mit dir zu sein,
ein Stück der Zeit mit dir zu stehlen
das ist ein wunderbarer Traum
lässt sich nicht einfach
„wegbefehlen"!

Vielleicht

Vielleicht braucht sie gar keine große
Körperlichkeit, meine Sehnsucht nach dir.
Gut, ein paar Berührungen, Augenblicke,
Worte, neben dir sitzen und dich spüren.
Ist das erlaubt, du Mann einer anderen
Frau?
Ich bin die Frau meines Mannes.
Eine, die vom Himmel einen heiligen Raum
in ihrem Herzen geschenkt bekommen hat.
Einen, den du schon vor langer Zeit
betreten hast .
Vielleicht braucht sie gar keine große
Körperlichkeit, die Sehnsucht nach dir.
Gut, ein paar Berührungen, Augenblicke,
Worte, neben dir sitzen und dich spüren.

Gedanken

Diese Gedanken an dich
Verleiten zum Glücklich sein
Zum Fließen und Atmen und Leben

Diese Gedanken an dich
Gehen so tief hinein
Ich muss mich ihnen einfach ergeben

FISCH

Es schwamm ein Fisch im großen Meer,
der sehnte sich nach Sonne sehr
und nach süßer Frühlingsluft
da kam heran ein frecher Schuft
und fischte ihn heraus geschwind
zum Essen wohl für Frau und Kind
nun gut auch dafür lohnt´s zu leben
um sich für Gutes hinzugeben!

Was mach ich nur?

Was mach ich nur mit diesem Sehnen?
Dem Ziehen im Herzen und im Schritt?
Wo ich doch weiß, du denkst an mich
und trägst mich liebend mit dir mit.

 Möcht doch so gern dich wiederhaben, und
zwar jetzt gleich und auf der Stelle.
Wie langsam ziehen sich die Stunden,
wie ewig scheint mir diese Hölle.

Sollt ich die Wahrsager befragen
oder Beruhigungspulver kaufen?
Verdammt noch mal, soll ich vielleicht gar
zum nächsten Therapeuten laufen?

Ich check die Mails, fixier mein Handy, an
nichts mehr andres kann ich denken,
was war das bloß für eine Laune,
 dir gleich mein ganzes Herz zu schenken?

Du, bitte, meldest dich bei mir?
muss ganz was Wichtiges dir sagen,

Endlich kommt ein Mail herein
„du denkst an mich in diesen Tagen"

Es hilft nur wenige Minuten
Herz und Seele friedlich still
dann startet die Tortur aufs Neue
weil ich nur bei dir sein will!

Sein

Lange war sie schon an diesem Strand
gesessen.
Hatte den Wellen gelauscht und wieder und
wieder
die wehenden Haare aus dem Gesicht
gestrichen.
Am Horizont das weiße Schiff aus den
Liedern ihrer Kindheit vermutend
und die Wolken am Himmel wieder Watte
sein lassend.
Sie weitete ihren Blick, so dass sie alles gut
sehen konnte. Nach kürzester Zeit
erschienen ihr kleine Sternschnuppen am
Himmel -
winzig kleine Lichtwellen, die nur für einen
Augenblick zu sehen waren - und doch
waren sie so wunderbar und gaben ihr in
kürzester Zeit das Gefühl wieder, dass alles
lebt und alles lebendig ist und verbunden
mit allem.
Der Wind summte die Melodie der
Ewigkeit und ab und an
spritzte das Wasser bis zu ihren
Zehenspitzen.   %
Ihre Füße waren nackt. Die Zehen gruben
sich krabbenartig in den Sand,

um ihn dann wieder loszulassen und sich in
Richtung der Sonne zu strecken.
Ihre Augen, geschützt von der großen
Sonnenbrille, blickten auf das Glitzern das
Wassers. Millionen und Abermillionen
Kristalle schaukelten sich fröhlich auf dem
Wasser. Ihr Mund verzog sich zu einem
versöhnlichen Lächeln.

Sie war ganz bei sich.

Das Handy fiepte im Rucksack und ein
Flugzeug brummte über sie hinweg.
Sie bemerkte es kaum.

Langsam stand sie auf und dehnte sich. Sie
streckte sich dem Herrgott entgegen.
Ihre Beine versuchten den ersten Schritt.
SEIN – und nur nicht gleich wieder
aufhören damit – mutig fing sie jetzt damit
an.

Jahre später

Über sechs Ecken bist du plötzlich wieder
in mein Leben gekommen.

Das Strahlen deiner Augen und
die Zärtlichkeit deiner Hände erinnern mich
an eine wundervolle Zeit

Dein wacher Geist und deine wunderbaren
Worte wärmen mich neuerlich.

Jetzt nicht mehr als herrliches Vorspiel,
jetzt im Herzen.
Von Mensch zu Mensch.

Schön, dich immer noch zu kennen.

Nur noch

Nur noch deine Augen
Deine Hände
Dein Lachen
Deine Sprache
Und das grüne Hemd
Nur noch hinschauen
Zuhören
Nachdenken
Wohlfühlen
Mich fallenlassen trauen
Nur noch 24 Stunden
Warten
Und dann endlich
Nur noch DU
Und ICH

In dir

da ist etwas in dir
das aus dir heraus
lacht und funkelt
und den Raum
und diejenigen die da sind
verzaubert
währenddessen von ihnen fast unbemerkt
danach umso schöner

Am besten nicht darüber sprechen

Am besten nicht darüber sprechen
Mit niemanden
Dich in meinem Herzen mit mir
herumtragen
Während du in deinem Leben bist
Und mich in deinem Herzen trägst
Deine Wärme spüren und deinen Körper
wann immer ich nur daran denke
Du bist da - ohnehin jederzeit
Und dann vielleicht wieder ganz und gar für
ein paar Stunden
Am besten nicht darüber sprechen
Mit niemanden

DICH

Dich zu sehen macht Freude
Dich reden zu hören macht Inspiration
Dich riechen zu können macht Laune
Dich berühren zu wollen macht Lust
Dich fern zu wissen macht Sehnsucht
Dich wiedersehen zu dürfen macht Herzklopfen

In deinen Augen

In deinen Augen wogt das Meer
Die Sterne grüßen leise
Setz ruhig und sanft dich zu mir her
Freu dich auf deine Weise
Jetzt sei ganz still und fürcht dich nicht
Genieß die laue Nacht
Im Herzen scheint schon lange Licht
Das Leben ist vollbracht
Und wenn die Stunde dir dann schlägt
Streck nur die Arme aus
Ein warmer Wind dich heimwärts trägt
Bringt sicher dich nach Haus

Brauchst du nicht

Vielleicht fragst du dich, wohin es führt.
Brauchst du nicht.
Das, was dich für mich besonders macht,
bist einfach du.
Deine Augen, in denen ich mich jünger und
verletzlicher spiegle als in den meisten
anderen.
Deine Worte, die kraftvoll und klar
vereinfachen was mir kompliziert scheint.
Deine Umarmungen beim Begrüßen und
Verabschieden, die mich kurz festhalten
und doch wieder freigeben.
Dein Lachen, das meine Seele berührt.
Jeder Moment in deiner Gegenwart tut gut
und wirkt nach.
Vielleicht fragst du dich, wohin es führt.
Brauchst du nicht.

Atem

Wenn die Schneeflocken tanzen und dein
Hauch vor deinem Gesicht hüpft
wenn die Herbstblätter purzeln und du die
dickere Jacke heraus nimmst
wenn die Sonne auf deinen Bauch scheint
und du wohlige Schnaufer von dir gibst
und erst recht bei den ersten
Frühlingsblumen und dem Kitzeln der
Löwenzahnflieger
es ist immer der Atem des Himmels, den du
atmest
und es ist ganz wichtig, dass DU ihn spürst
Innen und außen und rundherum
Ruhig und wild und immerzu.

Lass ihn raus und hol ihn rein.
Nichts anderes braucht es.

Außerdem von Gabriela Joham
erschienen

GLUTAUGEN
ISBN-978-3842307285 BoD
Vier eigenständige Geschichten – Bis zum
Hals, Absolut Frau, Ich steh für dich, Am
achten Tag - vereint der Titel, die sich
vielleicht unter dem Genrebegriff
„Novellen" erfassen lassen, denn sie sind
mehr als Kurzgeschichten, aber weniger als
Romane. Allesamt sind sie Lebensbilder,
der Wirt, der wegen Hochwassers seine
Heimat verlässt, die Frau, die nie Geliebte
werden wollte und schließlich doch ihre
Lebensliebe in einem noch verheirateten
Mann findet, die Frau, die aus den
Repräsentanten-Rollen in Aufstellungen
beinahe nicht mehr hinausfindet und der
junge Mann, der den Tod sprichwörtlich
sehen kann.

AUS HEITEREM HIMMEL

ISBN-978-3842333772 BoD

Eine erfolgreiche Scheidungsanwältin um
die 45 und ein unglücklich verliebter
Student um die 26 begegnen einander.
Dadurch erfahren sie ihre Lebendigkeit und
ihre Fähigkeit zu lieben neu.
Es geht um den magischen Augenblick im
Leben, der vermag alles zu verändern. Im
Innen und im Außen.

LEBEN und LEBEN LASSEN

ISBN- 978-1-627841-40-5 Windsor

Geschichten - Kurzurlaub, Still, Bruder Tod
- und Gedichte Abenteuerlich, spannend
und immer wieder auch herausfordernd und
schwierig gestalten sich unser aller Leben.
In diesem Buch sind unterschiedliche
Schwerpunkte verschiedener Leben in
anregenden Geschichten geschildert.
Ergänzt werden die Geschichten durch
Lyrik, die ebenfalls in besonderen
Lebenssituationen geschrieben wurde.
Durch die Erzählweise der Autorin wird es
möglich, eigene Geschichten entstehen und
eigenen Gefühlen freien Lauf zu lassen.
Lektüre für mehr Lebenskraft.

11
ISBN-13: 978-3848202034 BoD
11 Menschen interessieren sich für ein nicht genauer beschriebenes Seminar. Sie alle haben ihre individuellen Lebensgeschichten, die in kurzen Auszügen geschildert werden. Ihr Seminarleiter ist Greg Lundarksi, der besondere Trainer und Hohepriester, der erstmals in dieser Geschichte vorgestellt wird.

WEGLICHTER
ISBN-13: 978-1938699566 Windsor
Jedes Jahr zu Weihnachten entsteht eine Geschichte. In diesem Büchlein sind einige zusammengefasst. Ergänzt um andere zauberhafte Geschichten und besondere Gedichte.

EIN NEUER TAG
ISBN 978-3738648232
Ein junger Mann entdeckt Schritt für Schritt seine hellfühlige Gabe. Spannende Einzelgeschichten ergeben ein perfektes, wunderbares Bild. Seine Initialen AG Antonius Gilberti finden sich in der Kurzbezeichnung für Silber. So ist es kein Zufall, dass ihm die Fürsten des Mondes beistehen.